LES

QUATRE JOURNÉES

PAR

FERDINAND DE LA BOULLAYE.

JUIN 1848.

PARIS,

CHEZ LEVY FRÈRES, ÉDITEURS,

RUE VIVIENNE, 1.

Et chez tous les marchands de nouveautés.

1848

Paris. Imp. de LACOUR, rue St-Hyacinthe-St-Michel, 33.

Au général CAVAIGNAC. — Au président SENARD.

Modèles accomplis d'honneur, de loyauté,
Quand la révolte impie appelait le carnage,
L'un de vous dans nos murs déployait son courage,
L'autre dans le sénat sa noble fermeté.
Des partis vous avez désarmé la furie,
Assuré le repos de vos concitoyens.
Un autel vous attend : l'autel de la Patrie.
La France vous y doit couronner de ses mains.

LES

QUATRE JOURNÉES.

I.

Quel est ce bruit? Paris, noble cité,
Pourquoi tout ce peuple en alarmes?
Citoyens et soldats, pourquoi courir aux armes?
Et quel cri dans vos rangs, soudain, va répété?
C'est le cri de toute la France
Aux grands jours de sa délivrance,
Ces mots chers et sacrés : patrie et liberté !

Patrie et liberté ! cri puissant, cri magique,
Effroi de l'étranger, opprobre des tyrans,
De notre jeune République
Toi qui jetas les fondements,

Des enfants du Nord à nos portes
Viens-tu signaler les cohortes ?
Du Germain est-ce l'étendard
Foulant nos plaines dévastées ?
D'Albion nos mers attristées
Ont elles vu le léopard ?

Ah ! que, si l'étranger s'avance,
Chez nous il trouve son tombeau !
A tes beaux jours, ô noble France,
Ajoute encore un jour plus beau !
Près du Nil, tes coursiers rapides.
Fixant le front des Pyramides,
Ont foulé le sol de Memphis ;
Aux champs de Rivoli, d'Arcole,
La victoire apprit à tes fils
La route du vieux Capitole ;
Austerlitz, Wagram, Friedland
Les ont vu combattre en courant,
Et, pour que rien ne manquât à ta gloire,
Ils ont au temple de Mémoire,
Auprès des volcans de l'Etna,
Inscrit les bords glacés de la Bérésina !

Ceux-là sont au tombeau ; mais leur race immortelle

A, déjà, prouvé que pour elle
Ton rameau sera toujours vert,
Laurier de Champaubert !
Aux bords de l'Eurotas, aux rives du Pénée,
C'est lui qui conduisait nos pas victorieux,
Lorsque la Grèce infortunée
Sous le fer des bourreaux redemandait ses dieux ;
Lui qui, sur tes rochers, antique Numidie,
Vit fuir l'arabe vagabond,
Obligé d'incliner son front
Et d'abjurer sa perfidie.

Marchez donc, contre nous réunis, conjurés,
Enfants du Nord et de la Germanie !
Anglais, élancez-vous sur les flots azurés,
Pour venir dans nos murs asseoir la tyrannie !
Mais gardez-bien surtout la trace du chemin
Par où vous franchirez l'une et l'autre frontière :
Imprudents, ce n'est qu'en arrière
Que vous en reverrez la fin,
Si ce jour doit pour vous avoir un lendemain !

Ainsi chantait ma muse, et sa trompeuse ivresse,
Transformait follement en transports d'allégresse,
En chants victorieux, les cris mornes, confus

Que l'écho m'apportait dans le lointain perdus.

Le bruit approche... O ciel! ce n'est plus la patrie
Dont la voix parle à ses enfants.
O Liberté sainte et chérie,
On a profané tes accents!
C'est la trahison menaçante
Qui s'exhale au milieu des airs
Et qui va semant l'épouvante
Au sein de vingt quartiers divers!

La révolte est partout. Dans leur fureur sanglante,
Des artisans de trouble et des hommes perdus
Entraînent sur leurs pas, colonne rugissante,
Des femmes, des enfants, des vieillards éperdus.

Dans ce désordre affreux, leur criminelle audace
Du combat a, déjà, pour eux marqué la place.
Voitures et pavés, meubles, débris épars,
Renversés, arrachés, leur forment des remparts.
Lâche dérision! Des hordes de pillards
Osent parodier les deux grandes semaines
Où le peuple français, deux fois, brisa ses chaînes!

Mais des armes, du fer! du moins ils n'en ont pas!

Erreur ! la trahison, de veille, arma leurs bras.
Ignobles instruments d'ambition, de haine,
Ils ont des chefs, des chefs qu'on disait nos amis !
Ce sont eux dont la main sacrilége, inhumaine,
Dirige contre le pays
Le glaive qu'à leur foi lui-même avait remis !

« Eh bien donc, c'est à nous de punir le parjure !
« Citoyens, soldats, marchons tous !
« Dans le sang du coupable allons laver l'injure,
« Avant qu'il n'ait porté les premiers coups ! »

Ainsi dit un vieillard, dont l'œil épouvanté
Voit déjà le pillage au sein de la cité.
Mais nos braves soldats, mais nos gardes civiques,
N'osant encore croire à tant de lâcheté,
Hésitent à punir ces manœuvres iniques,
Ce comble de perversité.
Ils pensent que l'aspect des bataillons fidèles,
Armés pour défendre nos droits,
Suffira pour dompter ces cohortes rebelles
Et faire triompher les lois.

Fatals ménagements ! illusions trompeuses !
Chaque instant de retard augmente le danger.

Vous croyez au remords, âmes trop généreuses.
Le crime, qu'on voudrait contre lui protéger,
Dans ses haltes silencieuses
N'a qu'un but : c'est celui de nous mieux égorger !!!

Il cesse, enfin, cet horrible silence,
Plus cruel encor qu'un combat.
Dans ses rangs le feu qui s'élance
Ranime l'ardeur du soldat.
Soldats et citoyens, tous savent qu'à leur tête
Marche l'élite des guerriers ;
Qu'ils trouveront au fort de la tempête
Leurs fronts blanchis sous les lauriers
Cueillis aux rivages numides.
La France est avec eux : ces guerriers intrépides,
Le peuple les élut pour ses représentants.
Pourrions-nous, aujourd'hui, choisir de meilleurs guides!
De nos drapeaux illustres vétérans,
A l'Africain ils ont été terribles.
Combattant pour la gloire, ils furent triomphants ;
Combattant pour les lois, ils seront invincibles.

II.

C'en est donc fait ! De toutes parts
Le fer se croise et l'airain tonne ;
Le tambour bat, le clairon sonne;
Centre de la cité, faubourgs et boulevarts
Sont autant de champs de bataille
Où, sous des drapeaux différents,
Citoyens assaillis, révoltés assaillants,
Français contre Français font pleuvoir la mitraille !

Des Français, ai-je dit ? Quoi, de ce nom sacré
J'appellerais celui dont la voix parricide
Provoque un combat abhorré ,
Ou dont le bras lâchement homicide
Pénètre avec fureur dans le sein déchiré
D'un frère qui, l'œil fixe et la face livide,

Succombe en lui tendant la main
Et murmure, en tombant, le nom de l'assassin !

O funestes discords ! ô des guerres civiles
Déplorables excès !
Jours en trahisons trop fertiles
Et déplorables à jamais !

Il est trop vrai : Dans ces champs de carnage,
La patrie aperçoit quelques-uns de ses fils ;
De ceux qui, pour briser un honteux esclavage,
Naguères réunis,
Au pied de ses autels rapportaient en otage
Ses fers ravis par eux aux tyrans du pays !...
Ils t'ont répudié, glorieux héritage
De Juillet et de Février !
Leurs bras ont l'horrible courage
De tourner contre nous le parricide acier
Que deux rois dans nos flancs ont plongé tout entier !

La France, disent-ils, cependant leur est chère !
Ils l'aiment !... Quel est donc cet amour inhumain,
Qui d'un enfant fait de sa mère
Et l'oppresseur et l'assassin ?
Insensés ! dans votre délire

Vous la croyez défendre et protéger!...
Ne voyez-vous pas l'étranger
Dont l'or auprès de vous conspire?
L'étranger! il est là, confondu dans vos rangs,
Réveillant tour à tour les rêves insolents
Des fauteurs de la tyrannie,
Et les restes glacés de l'immortel génie
Qu'il a, sur ses rochers, emprisonné dix ans;
De ce héros dont la gloire infinie
N'a pas plus laissé d'héritier
Que son trône avec lui disparu tout entier.

L'étranger!... Ah! ce mot fait revivre l'outrage
Des jours où, subissant un honteux vasselage,
De vingt rois conjurés un roi digne allié
A l'Europe livrait nos gloires en otage!
Et si pour des ingrats un reste de pitié
Put tenir un instant nos armes enchaînées,
Plus de ménagements! Tout doit être oublié,
Quand l'étranger prétend régler nos destinées!
Sous son drapeau la France appelle tous ses fils,
Et qui n'est pas pour elle est pour ses ennemis.

La connaissent-ils donc la voix de la patrie,
Ces hommes dont la haine et l'aveugle furie,

Ivres de carnage et de sang,
Pour première victime immolent un enfant?
De la pitié pour eux, quand nos femmes, captives
Au sein de nos foyers, succombent sous leurs coups
Derrière la fenêtre où des larmes plaintives
Demandaient le retour d'un fils ou d'un époux!
Entendez-vous, là-bas, sous cette barricade,
Ce soupir étouffé, par degrés s'éteignant?
C'est celui d'un soldat tombé dans l'embuscade,
Dont le corps mutilé, sanglant,
Nous reviendra tantôt, brisé par la torture
Dont leur lâche vengeance ajoute encor l'injure
Au trépas que le plomb a porté dans son flanc!

Sur tant d'horreurs, ô nuit, viens étendre tes voiles!
Que le ciel, aujourd'hui, pour nous n'ait pas d'étoiles!
De nuages épais, dans les airs rassemblés,
Qu'un sombre tourbillon, planant sur nos murailles,
Dissipe de leurs camps les flots amoncelés,
Et que le jour naissant aux échos désolés
N'apporte que le bruit de tristes funérailles!

Vœux stériles!!! La nuit n'a pas calmé la rage
De ces bataillons infernaux.
Ils organisent les signaux

Précurseurs d'un nouveau carnage
Et plantent de nouveaux drapeaux.

Mais si la trahison de ses complots funèbres
Poursuit le cours longtemps dans l'ombre médité,
Vous surveillez ses pas au milieu des ténèbres,
Nobles guerriers, vengeurs de la cité !
Pour nous, votre valeur, unie à la prudence,
Fera sonner bientôt l'heure de délivrance.
Ils tomberont, ces remparts de pavés
Sur le pillage et le meurtre élevés,
Où s'abrite la félonie !
Les suppôts du désordre et de la tyrannie
Méditent leurs plans lentement.
Pour briser la révolte impie,
Des défenseurs de la patrie
La sainte et vaillante énergie
N'a besoin que d'un jour, d'une heure, d'un moment.

III.

Du soleil, cependant, la flamme étincelante
Trois fois encor luira sur ces cruels combats,
Et deux fois de la nuit l'obscurité sanglante
Protégera d'odieux attentats,
Avant que tes autels, profanés par le crime,
Divine liberté, raniment leur flambeau
Et sortent plus brillants et plus purs de l'abîme
Où l'anarchie avait préparé leur tombeau.

Que de sang doit couler encor sous tes portiques,
O reine des cités! sur tes places publiques
Combien de tes enfants tomberont égorgés,
Avant que les lieux saints, par de pieux cantiques,
Honorent les martyrs que nous aurons vengés!

Dirai-je les horreurs de ces luttes dernières?
La mitraille pleuvant, sur le front de nos frères,
De ces murs maintenant à demi renversés?
L'injure prodiguée à leurs restes glacés?

Dirai-je les excès de votre barbarie,
Monstres qu'en sa furie
L'enfer semble avoir enfantés?

Ah! détournons, plutôt, nos yeux épouvantés!
Laissons-les se remplir de larmes moins cruelles,
En se portant sur vous, victimes immortelles,
Dont la place, marquée au milieu des vainqueurs,
D'un triste et saint orgueil fait palpiter nos cœurs.

Parmi tant de héros dont la terre est jonchée,
Le soldat, l'œil humide, et la tête penchée,
A reconnu, glacés par le trépas,
Des chefs dont soixante combats
Avaient respecté la vaillance.
Devaient-ils donc mourir en France
Et frappés par un plomb français,
Ceux à qui trente ans de victoire
Avaient bien mérité la gloire
De tomber sous le plomb du Russe ou de l'Anglais!

Toi, surtout, soldat de l'empire,
Qui naquis au milieu des camps,
Que notre grande armée avait vu dans ses rangs,
Alors que de son chef l'ambitieux délire

Rêvait des États dont la fin
Ne s'arrêtât pas même au sommet du Kremlin;
Généreux Négrier, qui, sur le sol numide,
Montras à plus d'un jeune bataillon,
Orgueilleux de t'avoir pour guide,
Comment marchait au feu le soldat intrépide
De Lanne et de Napoléon !

Du moins ils t'auront vu pendant un jour, une heure,
Ces vaillants enfants de Paris,
Qui sur le seuil de leur demeure
Ont rencontré leurs premiers ennemis!
Ton regard où brillait encore
Le feu de tes jeunes exploits
Dans leur poitrine a fait éclore
Ce feu sacré qui fit trembler des rois.
Ils devaient, en suivant tes traces,
Se trouver tous au premier rang,
Et vous qui des combats voulez chercher les places,
Demandez-les aux marques de leur sang!

De leur mort presque tous ont payé la victoire.
Regrettons-les, mais ne les pleurons pas!
On doit envier le trépas
Qui lègue des noms à l'histoire.

Mobiles! vous avez sauvé la liberté.
Votre nom appartient à la postérité.

Un seul jour, cependant, au fort de la tempête,
Le bruit du canon suspendu
A fait au soldat qui s'arrête
Redouter un instant perdu.
Il craint qu'une horde insolente
D'une nouvelle trahison
Ne fasse payer le pardon,
Offert par votre voix clémente,
Délégués de la nation!

Mais bientôt dans la sombre enceinte
D'où sont partis tant de coups meurtriers,
La flamme, en s'éteignant, laisse voir la croix sainte,
Et sur ses pas s'inclinent nos guerriers.
Du Tout-Puissant c'est le premier ministre
Qui de la barricade a franchi les degrés.
Guidé par des devoirs sacrés,
Il ne veut, dans ce lieu sinistre,
Voir que des frères égarés!

O mélange effrayant de crainte et d'espérance!
Si Dieu faisait chez eux naître le repentir!

S'ils allaient, abjurant un crime qui l'offense,
Demander dans nos rangs à combattre, à mourir !
Ils ont fait bien du mal ! mais lorsque Dieu pardonne,
Qui pourrait songer à punir !
Ou plutôt, si leur cœur, que la grâce abandonne,
Allait....!

Dans l'air, soudain, un cri plaintif gémit.
Une balle a sifflé. D'une maison voisine
Un volet entr'ouvert au même instant s'incline.
Affreux soupçon ! D'où vient ce double bruit ?
Ce cri, qui l'a poussé ?... Forfait épouvantable !
Pour arracher le fer à ce peuple bourreau,
Tu venais en ces lieux, pontife vénérable.
Pour prix de tes efforts, tu trouves un tombeau !

O regrets trop amers ! O pour la République
Source intarissable de pleurs !
Mais du moins, cette mort saintement héroïque
A trouvé de dignes vengeurs.

Prélat, rien ne manque à ta gloire.
Il est un monument que la religion,
La liberté, la grande nation,
Feront plus beau que vingt pages d'histoire.
C'est le cœur des Français où vivra ta mémoire !

IV.

Le calme a remplacé l'orage ;
Loin de nous la tempête a fui,
Et d'avenir heureux présage,
De la paix l'arc-en-ciel a lui.

Ah ! qu'elle règne, enfin, cette paix désirée,
Si nécessaire au bonheur du pays !
Te faudra-t-il encor, France, mère adorée,
La demander vainement à tes fils ?
Assez longtemps les discordes civiles
Ont déchiré ton noble sein.
Que du malheur, du moins, les leçons soient utiles
Et qu'à nos passions elles servent de frein !

Et quelles leçons plus terribles

Dieu pourrait-il donner aux nations,
Que ces déchirements horribles
Enfantés par les factions?

Elles sont là ces affreuses images,
Parlant à nos cœurs, à nos yeux,
De l'histoire exécrables pages
Et que croiront à peine nos neveux!
Partout des pleurs, des cris funèbres
Et de sombres gémissements;
Des mères qui, dans les ténèbres,
Cherchent les corps de leurs enfants;
Des sœurs dont les larmes brûlantes
Mouillent les blessures sanglantes
De deux frères mourant tous deux,
Près d'un père tombé comme eux,
Comme eux couché dans la poussière,
Mais à qui le plomb meurtrier,
Qui frappa la famille entière,
Épargna la douleur de mourir le dernier!

Là ce sont des ruisseaux qui roulent
Des flots de carnage écumants;
Ici de vingt maisons qui croûlent
Les débris encore fumants.

Plus loin, souillés d'une fange sanglante,
Les temples du Seigneur, les monuments des arts
Semblent tressaillir d'épouvante,
En voyant des canons sur leurs parvis épars.

Partis, voilà vos horribles trophées!
Les lois, l'humanité, dans vos bras étouffées!!!

Et vous qui, sans tremper dans d'infâmes complots,
De la sédition, de la révolte impie
Imprudemment avez grossi les flots,
Entendrez-vous, enfin, la voix de la patrie?
Ecoutez! la voici : c'est elle qui vous crie :
« La gloire, le bonheur que ton bras a conquis
« Les voudrais-tu livrer, peuple, à tes ennemis?
« Voudrais-tu de ce rang suprême
« Par toi seul obtenu sur cent peuples divers
« Tomber, te dégradant toi-même
« Aux yeux de l'Univers?
« Cet univers est là qui te contemple.
« Ton nom, depuis longtemps, partout si redouté,
« Cesserait d'être craint, s'il n'était respecté,
« Si la République, en son temple,
« N'encensait à la fois l'ordre et la liberté.

« Peuple, le rêve qui t'agite
« Fait, pour toi, de l'égalité
« Une liberté sans limite ;
« Le moindre obstacle qui t'irrite
« Devient un attentat à la fraternité.
« Insensé ! l'Océan, lui-même, a des rivages,
« Des ports pour préserver les vaisseaux des naufrages.
« Du vaisseau de l'État les ports, ce sont les lois ;
« L'ordre qui, seul, de tous peut protéger les droits.
« La liberté sans ordre, hélas ! c'est la licence !
« L'égalité finit où son règne commence.
« De la fraternité l'ordre maintient les rangs:
« La licence toujours enfante des tyrans !

« Des tyrans ! ainsi donc, par leurs chutes soudaines,
« Les trônes de deux rois, l'un sur l'autre ecroulés,
« Peuple, n'auraient pour toi préparé que des chaînes,
« Au pied de mes autels par tes mains ébranlés !!!

« Mais non ! le ciel à ta patrie
« N'avait pas gardé cet affront.
« Il n'a pu vouloir sur son front
« Montrer de Février la victoire flétrie !
« Le ciel veillait sur nous, et, lorsque l'étranger
« Applaudissait à ces voix criminelles

« Nous excitant à nous entr'égorger,
« De toutes parts des cohortes fidèles
« Accouraient pour me protéger.
« Paris, sentinelle avancée,
« A la voix de l'honneur répondit le premier,
« Et l'anarchie est renversée.
« Un jour plus tard, c'était le pays tout entier,
« Dont les bras l'eussent terrassée.

« Contemplez tous ces étendards !
« Voyez ces masses intrépides
« De Bretons, de Normands, de Lorrains, de Picards !
« Ouvriers, commerçants, fils des champs, fils des arts,
« Sous leurs drapeaux divers, ils ont les mêmes guides :
« L'ordre et la liberté ; pour cri : Mort aux perfides
« Qui trament contre nous des complots homicides !

« Et de même qu'aux jours où l'Europe aux combats
« Nous appelait sur la frontière,
« De l'ennemi chaque bannière
« Créait chez nous des milliers de soldats,
« De même, au premier cri des villes alarmées
« Par des attentats factieux,
« La liberté, fille des cieux,
« En France, maintenant, enfante des armées.

« Mais je vois à leur tête un guerrier qui s'avance.
« C'est lui, c'est l'honneur du pays !
« Vainqueur, il vient rapporter à la France
« Le pouvoir qu'en ses mains et pour sa délivrance,
« Au moment du danger, la France avait remis !
« Garde-le, ce pouvoir, ô guerrier magnanime !
« Ton bras, qui foudroya le crime,
« En des jours d'espérance a changé notre deuil.
« Reste de la patrie et la gloire et l'orgueil !

« Sur ton corps l'Algérie, en nobles cicatrices,
« Du soldat inscrivit les éclatants services.
« Le citoyen, vengeur de notre liberté,
« Qui rétablit l'ordre dans la cité,
« Doit conserver, pour leur défense,
« Cette sainte et juste puissance
« Sans laquelle un seul jour eût vu périr les lois.
« Un cri de tous les cœurs s'élance :
« Honneur à Cavaignac, au sauveur de la France ! »

« Honneur à vous aussi, dignes représentants,
« Que le peuple a choisis entre tous mes enfants,
« Pour garder le dépôt des libertés publiques !
« A toi, surtout, leur chef, qui, des vertus antiques
« Semblais, dans ces instants, rallumer le flambeau.

« Au foyer mal éteint des vieilles républiques,
« Pour éclairer les pas de ce siècle nouveau !
« Ainsi, quand les Gaulois, du haut du Janicule,
« Apportaient le trépas aux enfants de Romule,
« On vit les sénateurs s'armer de majesté :
« Comme eux, pour la patrie et pour la liberté,
« Senard, tu serais mort sur ta chaise curule.

« Et vous pourriez encor rester sourds à la voix
« De tant d'enseignements sublimes,
« O vous tous, égarés par d'infâmes maximes,
« Qui, dans ces jours de deuil, avez subi les lois
« D'instigateurs de désordre et de crimes,
« De ces hommes de sang, qui comptent leurs exploits
« Par le nombre de leurs victimes?

« Ah ! si vous avez pu regarder sans frémir,
« Les corps palpitants de vos frères,
« Sur leur tombe aujourd'hui venez du moins gémir !
Pleurez ! que vos larmes amères,
« A travers les replis des linceuls funéraires,
« Aillent, dans son cercueil, consoler le martyr !
« Je suis mère, et mes bras s'ouvrent au repentir.

« Que ce repentir vous éclaire !

« Ralliez-vous à l'ombre tutélaire
« De cette belle et sainte liberté,
« Des grands cœurs généreuse idole,
« Qui couvre de son auréole
« Jusques au fils ingrat contr'elle révolté !

Peuple, sous sa bannière auguste et vénérée,
Abjure tout rêve insensé !
Et, par les factions trop longtemps dispersé,
Exauce d'un mourant la prière sacrée :
QUE CE SANG QUI COULA SOIT LE DERNIER VERSÉ ! (1).

(1) Dernières paroles de l'archevêque de Paris.

FIN.

www.ingramcontent.com/pod-product-compliance
Ingram Content Group UK Ltd.
Pitfield, Milton Keynes, MK11 3LW, UK
UKHW021118230726
13926UKWH00002B/548